对一条河流的仰望

刘忠华 著

中国书籍出版社

图书在版编目(CIP)数据

对一条河流的仰望 / 刘忠华著. -- 北京:中国书籍出版社, 2021.5
ISBN 978-7-5068-8460-0

Ⅰ.①对… Ⅱ.①刘… Ⅲ.①诗集-中国-当代 Ⅳ.①I227

中国版本图书馆 CIP 数据核字(2021)第 079281 号

对一条河流的仰望

刘忠华 著

责任编辑	张 娟　成晓春
责任印制	孙马飞　马 芝
出版发行	中国书籍出版社
地　　址	北京市丰台区三路居路 97 号(邮编:100073)
电　　话	(010)52257143(总编室)　(010)52257140(发行部)
电子邮箱	eo@chinabp.com.cn
经　　销	全国新华书店
印　　刷	成都兴怡包装装潢有限公司
开　　本	880 毫米×1230 毫米　1/32
字　　数	150 千字
印　　张	9
版　　次	2021 年 5 月第 1 版
印　　次	2021 年 5 月第 1 次印刷
书　　号	ISBN 978-7-5068-8460-0
定　　价	58.00 元

版权所有　翻印必究

序诗　爱上一条河流

爱上一条河流
如同爱上自己
爱童年的纯真
青年的丰澹
中年的沉静

也爱枯涩的冬天
爱两岸的村庄
村庄里走失的人
病死的树与滴落的声音

爱无家可归的鱼虾
无处落脚的鸟与渔翁
爱鸟的倦容与渔翁的夜

爱苍白的石头、巴茅
爱石头里隐藏的人形
爱石头上活着的名字

爱巴茅上摇曳的夕阳
夕阳下宁静的大地

我们可能素不相识
也可能是前世自己
或者，是自己抽出的骨头
骨头断裂之后的悲凉
悲哀里闪烁的星辰与泪水

星辰下的大海
大海里隐藏的
最初的真与爱
泪水中的盐
盐里的疼

流水潺潺
这是潜隐流水的诗者
闪烁的灵光与低语
是他对流水后世界的隐秘
与未知的指认与命名……

爱上一条河流
爱上她古老而新鲜的诗篇

目录
CONTENTS

序诗　爱上一条河流　/　001

辑一　河流太高了
　　　作品 001-029 号　/　001——032

辑二　大地，露出了雪白的真
　　　作品 030-075 号　/　033——082

辑三　我对爱的理解深了三公分
　　　作品 076-119 号　/　083——138

辑四　神，在流水中洗净自己
　　　作品 120-158 号　/　139——184

辑五　河流在浦尾村轻轻流淌
　　　作品 159-190 号　/　185——228

辑六　仰望河流时我看见了天空
　　　作品 191-222 号　/　229——269

并非尾声　我所仰望过的都在流水中消失不见　/　270

后记　/　272

辑一

河流太高了

作品 001–029 号

001

河流太高了,我只能低潜于河底
望着它流动的样子
望着它远去

望着喧嚣的人间,说出:我在

002

鱼的阴影是它自己吗？水
总是跑在前面

阳光照进水里，我摸到了它的重量
约等于一条鱼

003

河底的星辰
睡得太深。多少年了
还保持着母腹中的姿势
保持着陈小钰跳河后沉睡的姿势

004

清晨,从码头走来的婆婆
木桶里装满了脏衣服

她一天的时光从清洗昨天开始
我一天的时光从看她清洗昨天开始

005

渔夫拎着鸬鹚的脖子
往河里扔

那一刻我感到自己的脖子
有些疼

有多少声音,被卡在脖子里?

006

坐在河边发呆的姑娘
她不知道自己的影子
被潜在水中的人偷偷
吞咽了三次

007

浮出水面，我大约比夏天
高出一个头颅

死亡只要上涨七公分
我就会被流水带走

008

一片叶子从头顶漂过
它的颜色是黄色的

几片叶子从头顶漂过
它们的颜色是绿色的

黄叶与绿叶在水里的影子
都是一样的
可绿叶流过时我心里
有些沮丧和悲伤

009

我不说出,很少有人知道
鹅卵石在河底的颜色

不是白,也不是黑
是水的颜色

010

窃窃私语。没有人听清,夜晚
河流与月光,交谈了些什么

天亮时,它们都交出了
星子

011

拂晓。草叶
把夜晚借去的水
偷偷拿出一部分
还给了河流

还有一部分,偷偷给了泥土
和早起摘菜的阳大婶

012

他们把新桥
并排架在老桥附近

他们不知道老桥在夜晚
低泣了多少回

013

推开波浪的时候
就是推开了河流
推开了时间

你们看到的波纹
是时间要挣脱你们

014

起风了。一些浪
向另一些浪和岸
挥手

我模仿波浪
向行人和树
挥手

015

河流帮天空擦洗了乌云
乌云帮河流灌满水

我爱乌云胜过白云

016

我和流水一起
读河底那些石碑

在碑文里我看见了
那些故去的人

你们在流水里
是否看见
流泪的我

017

风暴来了。太阳
躲在云后面
云,躲在风后面
风,躲在柳树后面

柳树摇呀摇
柳枝划过水面
一笔。两笔。三笔

我躲在流水后面
看柳树写下悼词

018

每一天,都可以望见
东山与西山
萍阳路与古城路
赶路的人与庙里的罗汉
坏日子与好天气

此岸到彼岸,彼岸到此岸
人们川流不息
河水安静如庵

019

河水带走了一个失足女子
河水带走了她的姓名

河水也带来了上游汛情

哦，请等一等
一朵桃花就快到渡口

020

青蛙游动的样子
多像教体育的杨老师

她的女儿,可不像蝌蚪
——此刻,趴在小小的
游泳圈里,随波浮游

她的王子,退役的游泳健将
离她和女儿
有两臂远

水面上的三个点
宇宙里的三颗星

021

把河流竖起来
能否触及喜马拉雅？

离喜马拉雅万里之外
一粒雪落在路灯下
它反射的光，刹那间
照亮萍阳路

022

一只白鹭
飞过田野
一架无人机
穿过河面

抛秧人与摆渡人
直起腰来,同时看见
一朵白云,在天空中

暮春的午后。炽热的栀子花
正在吐焰
书桌上的白茶,和打开的书本
在忘记对白中步入中年

023

起浪了。不是风

吹着水
是水,推动水

024

潜隐流水的人，诗句里
一定含着水
而人说：词语里要有光

好吧，把动词磨亮
把形容词注满水

再把标点符号，锻造成
火星
与火星上的荧

025

河流,大地上最能飞的风筝
没有风也飞
没有线也飞

没有人,它独自飞

夜深了。我们从梦中回来
进入另一个更深的梦境

它还在飞。并且带动两岸青山
一起飞

流水后面
三只小虾
在石头上
晒太阳

石头下面
一只大一点的虾
用背，拱着石头

用足，敲着
另一个的背

027

每天打开流水,又关上
在流水中进出,仰望
世界越来越小
人生越来越短
把手伸进风里,握住的
越来越少

尝试着把旧木桶盛满水
把头,埋进水桶
水桶中的世界多么深啊
天空在后退,在摇晃

胸怀日常的人,顶着水桶
——这硕大的星空
走在夏天深处
水滴落下来,萤火虫一样
洒满无边的原野

影子和他一前一后
宛如一对孪生兄弟

028

河流醒来
大地一片安静

河流睡去
大地上,只有一个人
安静

029

我要到上游去。除了步行
骑马,开车,在河床上
都不可行

我还想着坐船。可是
大坝太高了呀,怎么
翻得过去

听从风的指引,我选择了流水
做飞行器,潜隐于流水
紧贴着地面飞行

飞行中,可以听见
大地的呼吸
听见果实与鸟的欢呼
听见黄昏中
喊我们回家的声音
听见声音中
渐渐清晰的母亲

从水坝那头
担着井水走来

父亲和妹妹
提着粮食和蔬菜
走在母亲后面

再后面一点,群山绵延
一条路,弯向天边

辑二

大地,露出了雪白的真

作品 030—075 号

030

萍阳路,近水,取萍,朝阳
都是纯洁与光明的事物

我走过。与它
只有一双鞋底的距离

031

我知道你住在那个码头
每天望着你的背影
从北到南
从南到北

忙碌的身影像一根绣花针
在我的身体里
穿进穿出

为此
我储藏了一生的痛

032

落日在萍阳路发出白光
落日在潇水河发出暗光
落日在佛祖庵发出金光

天地人间,一座光的博物馆
容纳了所有黑暗的事物

落日滑过贫困户谢大虎家时
停留了好长时间

033

白的云，是
交出的白卷

黑的云，是
写满冤情的诉状

我沉潜于河底。我两手空空
既不需要思考，也没有冤情

流水，替我表达对世界的顺从

034

一棵病死的树
不再需要阳光,雨露,药水

也不需要泥土。甚至不需要
一张纸,和赞美诗

一棵树的前半生,我没有亲见过
但看见它,漆黑的天空下举着坚硬的
枝条,迅疾地写下关于世界的
病因与初诊,并在狂风中发出呼啸
然后流星一样,划过夜空
像一个战士,在大火中倒下,山一样
疲惫

即将到来的春天
一棵树在深夜倒下
轰隆隆的雷声后,大地
恢复了沉闷,与寂静

035

有时候会看见鱼
游进临街门面

这多半是端午前后
潇水上游暴雨成灾
洪峰过境,萍阳路会变成河
这样的次数很少,萍阳路的
侯老七,在家里捡过两回鱼

见到最多的是临河佛祖庵的老尼
杨婆婆。年近七旬,见过九回
每次退水,庵里都会有几条鱼
每一次,她都会捧起
放归河里

只有一次,涨水前她去了高山寺
庵里的鱼,在退水前
自己游到了外面

036

萍阳路有好多神

分别住在这条路的青阳寺、佛祖庵
朝阳寺。即便在夜晚
这条路也很亮堂

没有神居住的朝阳岩,日出时
金光闪闪。日出过后
只有洞里的青苔在幽暗中
守着摩崖上的诗文
和诗文后面的大神

037

萍阳路有三座寺庙：
青阳寺。佛祖庵。朝阳寺。

我心里有三座大一点的寺庙：
父亲。母亲。孩子。

038

公交车。小汽车。三轮车。二轮车。
自行车。徒步者
萍阳路很忙,一直到深夜
萍阳路很重,承载着河西片

也有不忙的时候
晨曦里,挑粽子卖的李婆婆
一路走,一路停
她的声音码头的石阶一样
抑扬顿挫,清清爽爽

也有很轻的时候
暮色中,卖豆腐脑的周师傅
一担水桶从左肩换到右肩
把吆喝压得很低
低于潇水流动的光影

039

古城。潇水。萍阳路
有时候寂静,有时候喧哗
有时候,它们聚在一起
轻言细语

不清楚在谈论什么。萍阳路东侧
临河的佛祖庵也没有听清楚

会不会与昨夜大雾中走失的
红鲤鱼有关

040

红鞋子。白鞋子。黑鞋子。黑白鞋子
踩在萍阳路的斑驳里

春天是一条河
青春是潮一点的河
萍阳路拱着的绿荫
是挤着青春的绿皮火车

萍阳路南,一所职中,一所高校
有古城最多最好的年华
萍阳路也因此躁动不安
有时会在月夜对着河水唱

偶尔也有失足落水的星子
萍阳路的树,会摇,会喊,会把树叶
钱纸一样撒向水面

朝阳寺、佛祖庵和青阳寺的蜡烛
此后三天,泪水会多一些
寺庙里的木鱼
声音会有些哽咽

041

月亮是水的引子
700 里潇水，离河 70 米的渔翁
一晚上 7 公斤的渔获
0.7 公斤渔歌

萍阳路是零陵城河西的引子。寺庙。烟厂
医院。高校。朝阳石刻。柳子古街
浮桥。吊桥。东风桥。萍洲大桥
13 路。25 路。31 路。303 路
28 个省市自治区的 15000 余名学子
与他们的黄金时代

我是大地的引子。星光。虫鸣。语词
短歌复长吟
纸一样，引路
酒一样，引魂

042

某年春。雷声隐。夜雨急
佛祖庵老尼
坐化于烛光中

火化之后,众居士用坛装上
抬往西山

自此,西山,比东山
多了一坛
回声

043

一对年轻夫妇,驱车一千余里
回到萍阳路。带着孩子,在路上
来回走了四趟

然后在萍阳路南边的大学校园
种下一棵树,以纪念
另一棵树

在流水中取出一瓶水,以纪念
另一瓶水

044

剧终人散。意犹未尽的,不只是路灯
还有萍阳路,朝阳岩,柳子戏台
天上星辰

演出队总要迟半个小时
等流动电影放映车驾到
放映员邓选扬与花鼓戏演员翟明丽
小两口总要把戏里戏外,收拾干净

萍阳路七巷,老院子里,葡萄架下
翟明丽的母亲,一边望着星空
一边给小外孙哼着摇篮曲

潇水,也在哼着轻一点的摇篮曲
天地无声,怀抱着古城
与翟明丽家另一个
来自星星的孩子

045

倒着走，过愚溪老桥，沿着河岸
退回去四十年，甚至更长
当年仅一辆马车宽的萍阳路
西侧，可以找到江西会馆
薄雾中，可以看到交公粮的队伍
过秤之后，把稻谷送进会馆改成的粮仓

一个远离人群的孩子
在会馆墙脚下
掏出了一个陶罐
和一堆铜钱

他没有告诉父母。四十年后
他顺着流水，沿着记忆，寻找到
当年埋陶罐的角落。一些金梅草
在春风里，主动交出
一捧金色的花朵

046

一个班的人都去了大学校园
只有他在路上彷徨

问公交车司机。问垂钓者
问奶茶店老板。那口水井
谁也说不清。三十年
河堤修过多回
萍阳路改造过多回
杨梓塘渡口也关闭多年

夏天的清冽去了哪里
用热水瓶打凉水的红裙子少女
去了哪里
沿着萍阳路往北走三百米
看见娘子岭水厂时他突然醒悟
井水与河水与影子与风与光
年轻时啜饮下的,一直在身上

那一刻,他忽地吹起口哨
翠鸟一样,飞过三十年

047

惊蛰日。本应雷声隆隆
万物翻动身子,抖落禁锢
挣脱自己,睁开眼睛
满世界,寻找去岁亲人

惜庚子肺疫,幽闭日久
车马歇。人影稀。时光滞
萍阳路仿佛囚龙,在阴翳中
静卧。潇水,仿佛另一条龙
在寂静中流来,又兀自流走

唯流水不可阻挡
唯阳雀日夜喝啾
唯你,从萍阳路
走过来,拿出旧址
在口罩后,向春风
打听一个人

048

每天在这里走着
从来没想成为什么
过客？观众？常住户？不确定
从北到南，从南到北
从住地到工作地，要经过这里
简单而自然

如果它不叫萍阳路，叫别的
什么，也不会影响。一条路
我和我们，走着，由此及彼
由彼及此

经常遇到熟悉或陌生的
比如送水工丁博，卖豆腐脑的周师傅
樟树，柳树，枫树，洒水车，广告牌
甚至失宠的动物。各自忙，闲，立，走
成为每一天，生活的一部分

也会生出一些变化。一个老人故去
一个婴儿出生；一棵树，在春天枯萎
沿路叫卖甜酒的张大娘，俩月没出门
前天是狗牵着人，今天是人撵着猫

河流在不远处涌动，怀揣石头和朽木
大水到来之前，它要先温习一下拥抱

049

三根拐棍敲着路面,到青阳寺前
一边侧耳倾听风与阳光,一边扯着
有些皱的衣裳。二胡。折叠凳。拐上
四十五级青石板台阶,会耗去
好一些时间。同每一个好天气一样
在青阳寺后面的空阔地带
坐下。调音。拉琴。

风,穿过萍阳路。青阳寺后的凤尾竹
与屋檐下的风铃,会主动伸出手
有时候,风,也会在指间穿来穿去
或者停在琴弓马尾毛上,像无事之人
阳光强烈,风,会停在看不见的上方
同树枝一起,搬动绿荫
让三个盲者,泊在影子里
让琴声,在枝丫间,缠,颤,长

050

一个少年,在码头附近
摸出几枚硬币

他要和星星
交换一个秘密

他要摸清楚,水做的姐姐
那么轻,是如何隐于水的

051

夕晖中，有人
用尖锐的石子，不断向河流
叩问

河流，忽地显身
忽地，又隐身

一条鱼上线
说出了水里的秘密

052

石子回到石子。水回到水
故人,不可能回到人间

月亮,用白
在大地上,重新刷了一遍

大地,露出了雪白的真

053

在水里，他模仿鱼，画
草鱼，鲤鱼，青鱼，鲢鱼
鲫鱼，鲇鱼，梗子鱼……

他到处画鱼。他把鱼
画在水面，水中，水底
画在石头，沙洲，船板上
画在青草，杨柳，树叶和花朵上
画在云朵，太阳，月亮和星星上
画在春光，雨，雪，蝉声中
甚至画在自己的胸口，肚皮，大腿
和生殖器上

他把鱼，画得跟鸟一样

他从不画水，风，波浪
也不画河流的出口

054

在白萍洲，彭家女儿坐在观景台上
看河水流走，看桃花远去，看母亲
从码头上走下来又走回去

芦苇上的蜘蛛，用嘴补好了网
望了一眼落日，又久久望着
披头散发的彭家女儿

055

那些水草,在水里
恣意荡开
像狂草

空白处,我读懂了纸的
意义:防止黑色词语泛滥

056

潇湘码头七十九岁的老梁
躺在树荫下的竹椅里,听河流
这超长唱片的老式留声机
播放《高山流水》和《潇湘水云》

附近手机店老板,老梁孙子
不时给顾客演示 5G 手机的
快手和抖音

傍晚时分,他们先后听到了
喊吃饭的声音

057

鱼屏住呼吸,石头
安静下来
石头屏住呼吸,水
安静下来
水屏住呼吸,阳光
安静下来
我屏住呼吸,时间
安静下来

山峦在不远处翻动身子
田埂上挑担子的人,脚步
越来越沉

换肩时,他屏住呼吸
田野安静下来

058

月光,是投递给大地的
素笺

风翻动白纸。夜行者
与影子,在白纸上
刷刷刷,往前赶

059

死亡听着流水,绕过佛祖庵后
又回过头来

泡桐花,把呜咽
压进了喇叭

060

走过夜晚空荡荡的萍阳路
仿佛独自一人,潜行水中

与世间,只隔着一条街
与你,隔着一朵忍冬花
与忍冬花,隔着四月

061

园艺师,推着割草机
在墓园,熟练地
修剪春天

他的女儿,拿着剪刀
在河里,练习
修剪流水

062

画时间的人,把自己
停在了下午六点一刻

夕阳,许久
没有落下槌子

063

水推动水
搭起拱形的庙宇

风推动风
搭起萍阳路的绿荫

光推动光
搭起空空的苍穹

在三个世界穿梭

燕子。梭子鱼。你。

064

山巅之上应该有一条死去的河流
牛群和石头,是被流水遗忘的兄弟

凿石为磨的人,在石头中梦见自己
牧牛而歌的人,在草丛中翻捡童年
遗忘的钢钎在风中长出新枝
遗留的牛粪在春天长出嫩芽

磨子岭上,时间是永远的过客
正午到傍晚,只是明暗起了些变化
风,这时间之外的事物
未曾增加,也不曾减少

如果没有风,河流与时间
会不会垂下来?

065

黑夜，在流水中
磨出一阵阵火光

火光中走失的人
躲在自己的身体里
等待着雷电，叫醒

066

一生中的错误
有的用橡皮可以擦掉
有的用风可以擦掉
有的用爱可以擦掉

有一些错,比如
你离去后的春天
即使一河春水
也擦洗不了

067

太阳是金币
月亮是银币
对这两个庸俗的比喻
越来越厌烦

这两个空荡荡的瓢
一个装青春
一个装暮年
合上时，正好是
一个圆满的骨灰盒

简单点说：一个庸人的一天

068

萍阳路的枫香
总想抱紧空气与光

黄叶渡的铁锚
总想抱紧流水与沙

潜于人间,很多次我尝试
抱紧流水后面的我

我们寒暄
说起早年旧事与小人书
说起南门码头,两个人
坐在青石上,在流水中
共同度过的童年

一帘流水,这时光的刀片
哗啦一下
划走了我们大半生

069

冬天,放鸭子的刘小满
把流水当青铁
把河岸当炭炉
把太阳当大锤
把自己当打铁师傅

刘小满用赶鸭子的竹条
往水面轻轻点一下
太阳跟着敲打一下
竹条指向哪里
太阳跟着敲打哪里

太阳越敲越快
流水越打越薄
打个什么好呢
刘小满想起奶奶院子里的柴堆
想起蒸米酒、磨豆腐需要木柴
想起劈柴的刀有些钝了
他又赶紧挥舞了几下竹条

太阳下去。流水被锻打成了
一柄弯刀

070

寒冬。江山硬
流水,也愈发
锋利

百家渡的杨婆婆
用一把稻草
替流水扎紧了
射向天空的光芒

071

起雾了。山河越来越清晰
河床往上抬啊抬啊
石头与过去的季节,在水下
安静如释延二

江南之南。小雪无雪
唯流水之上白雾升起
流水之上,莲花朵朵
山河一片芬芳

我听见过路女子
轻点莲花,流水上驾雾而去
听见细雨,天地间穿针引线
把白,织得更白一些

072

"最低-4℃,今冬最强寒潮
将横扫永州!"
隔着屏幕都能感觉到寒气逼人
隔着屏幕仿佛看见千里冰封

冰封之后能看见什么
雪可能会下也可能不下
雪下在哪儿才是重点
雪下在长沙大道,人们
行色匆匆,会无暇顾及
雪下在高山寺,经声
不会重也不会轻
雪下在浦尾村
道路会重一些
炊烟与竹叶,飘动会慢

浦尾村的人走出村口时
会更慢

073

冬至到小寒
天气预报说了两回永州
有几天温度零下
我一直抬头盼望一场大雪
可是流水一直流，一直流
没有半点被冻住的意思

万物轻轻摇动，都是
欢喜的样子
码头上阳光跳动，沿着一级级石阶
跳上萍阳路
跳上佛祖庵的金像
又从金像上
轻轻滚落到供台上

来，美好的一天，美好的世界
我们一起做深呼吸，一起仰望
一起祈祷，2021
多么好啊

哪个地方被冻住了？

074

一朵雪花飘下来
河流悄无声息

一万朵雪花飘下来
仿佛春天的花瓣
变成了飞翔的鱼
在河面飞掠

无数朵雪花飘下来
河流会沸腾起来
点燃天上的星辰

直到另一场雪
按住内心的汹涌

075

大水过后,万物沉默如初
万物保持着倾斜的姿势

倾斜的还有潜隐流水的人
逆水匍匐,他要替流水
向万物谢罪

辑二

我对爱的理解深了三公分

作品 076-119 号

076

月光倾泻下来
河面高出了三公分

隔河相望的人
近了三公分

我对爱的理解
深了三公分

077

水的后面,繁忙的尘世
变得轻盈
我与你,也变得轻盈

像走在月光里,黑色的事物
不断后退。水草一样细弱
但明澈的世界,一一敞开

像拨开你的黑发,我看见了
陈旧的伤痕、一根白发
与真实的河床

078

太阳跃出地平线之前,她把花
从餐桌移到了窗台

早晨的河水
被染成了玫瑰色

079

从码头一直往下走
在河流的底部,也是世界的底部
我仰望你们。我看见你们
在高处,优雅地谈吐,优雅地挥手
优雅地,写下对世界的感言

从高处到低处,从枯寂的冬天
到盎然的春天,从死到生
其实也没有多远

而真正懂得距离的
却不在那里

080

天空,用雪花
追逐流水

大地,用流水
追逐丝巾

女孩,用丝巾
追逐一场告别

潜隐流水的人,用告别
追逐另一场告别

081

一条鱼推动另一条
坐在轮椅上的鱼

轮椅上的鱼
回过头来,正好
看见推轮椅的鱼沧桑的脸
与夕阳形成 30 度夹角

那里,正是一条溪水的入口
也是潜行流水的人
看见爱情在人间的最佳角度

082

一辈子浪里白条
一辈子过成鱼样

现在他回到岸上
现在他端起酒杯
现在他不想曾游进谁的梦里
现在他望着修补渔网的妻子
把漏下的月光与笑靥
一饮而尽

这一刻他看见另一条鱼
正在渔网中钻来钻去

083

雨水在夏天奔跑
雨水像一头豹子,从山谷中
冲下来

一寸江河一寸铁
流水里的隐喻
隐藏着一副铁链

一堤江河,是柔软的
囚笼

以水为牢,囚禁自己
半个月亮爬上来
探监的人,缩回了脖子

084

捧出陶罐,交出流水
和星光
盛下花朵和名字

爱过的人,藏在花瓣下
不爱的人,放进花蕊中
让她自己绽放,直到
长出新的月亮

085

大水漫过夏季
大水漫过童年的腰和父亲的腿
村小学的土操场,像黄色的海

大水中他走在前面父亲走在后面
大水中父亲送他到村小学
目送他走进教室然后离去

大水漫过记忆
大水比父亲的眼睛更浑浊
大水在过境之前,父亲
正在河堤上漫步。他找到父亲
这一回,父亲走在前面他走在后面
目送父亲进了小区,再赶去上班

母亲在二楼阳台看见了这一切
和几十年前一样,她看见但她
不说出

086

流水翻越大坝就像剪除旧发
一经吹散就不会再回来
旧爱摊在风中
仿佛死去的水草,一江清水
也唤不回魂

我们说着往事
我们把流水中的好藏匿
把流水中的怨放大
就像抓起一把盐
撒向那落日

天会黑下来。那落日
也会盲目一如当初

而眼睑中,新的星辰会眨动
视他为你,并重新说出:我们

087

流水推动流水
会发出破碎的声音
黑夜推动黑夜
会发出刺眼的光线
山推动山,会坠入汹涌的大海
当爱已成伤害
从海里爬上来的人
心里一定怀着礁石
还有尚未熄灭的彗星

每一滴海水都含着刺
每一个语词都含着
山谷的回音
流水是流水的死敌
山谷是山谷的牢狱
你,是早年从我身上拔出
又磨得锋利的刀剑

088

谁在中间走动？我与流水之间
是千层纸，万年白，无尽空
来去匆匆，带走了我与流水间
最有生命力的部分

风停歇。庙宇上，金色的光
闪现。和流水一样，那些光
含着悲悯、羞赧与柔软

在缥缈的人间，我抱住自己
仿佛抱住空寂中绽放的禅音
仿佛抱住，流水中
那一河顺水展开的苍翠

每一滴水，都是江河的囚徒
每一天，我都是你的囚徒
可是我，还是爱不上你

089

把流水抬高一千公尺
把自己流放一座山中
离尘世八十八公里
离佛,八点八公里

立秋前一日,凌晨二时
月光如火,拥抱旧山河,拥抱旧梦人
拥抱渐渐升起的凉气。那一刻
多想时光静止,停在凌晨二时
停在凌晨二时的山水间

女人是水做的骨肉。此刻
水在左侧,虫鸣在右
虫鸣以荡漾的方式点燃
夜,包谷,辣椒,紫茄
点燃心中的敌意

雪白的胴体像一条河
流水汤汤,仿佛一场盛大的祭礼

今夜，有人坐化成佛
有人，在水月中远去

090

抬头望天时我看见了水的祖先
看见他们在天空奔波,一朵云
生成更多云,像我的家族人丁兴旺

从一朵云到一滴雨,从一滴雨
到一条河流,只隔着尘世或我么?
河流的蓝到天上的蓝,或者
天上的蓝到河流的蓝,只隔着青山?
天上人间,若隐若现
听不见的声音,来回穿梭

风从空处吹来。巨大的铁中
我看见了源头:金木水火土
我的爱人站在中间
我的爱人是时间的花蕊
流水与白云,都是时间的轮回

091

一个人潜隐流水,仰望夜空
深知一年一度重聚的欢悦
深知天亮之前,欢悦
会随星光散去。然后
是下一个年度的等待,相思,与痛

他曾想把人间的浮桥
移到天上,把河流
悬挂成秋千
他曾想游说天上的神仙
他曾想把那些鹊儿,收养为家丁

一个古老的传说,尽管有些
空洞,且不一定可靠
并引起深深的痛楚
但会让一个民族
在这个夜晚重新练习仰望星空
虚幻的桥下,重新想起尘世中人

092

流水中抚摸那道疤痕
绝世的裂纹,生命最初走出的小径
静卧草丛一侧的虫豸。灼热的闪电

这是一条无法返回的单程道
这是一条仅供独轮车行驶的单轨线
这是火箭发射升空的火焰
这是流水淌过的最干净的纸
燃烧中多么寂静,这疼痛的旅程
走过的人不知道
没有走过的人更不知道

秘境中折返,又在秘境中闪退
我与月亮与星星与虫鸣都是过客
潜隐流水,我看见了未知世界
而世界没有看见我
多么小啊,仿佛游在最前面那只蝌蚪
清晨多么辽阔,大地繁忙
每一个人都走在下一个出口的流水中
他们翻过肉身,背负着另一条路

093

忙碌的身影多像之前的妻子
夕阳西下，阳光正好透过隔帘
白色的隔帘像半透明的流水
隔着一条街道，隔着悬挂的河
我忍不住停下来认真看她

多年前妻子也是这个样子
(那时候她还不是我妻子)
那一天也是夕阳西下，我来到她家
望着她在厨房忙于做饭、炒菜
这阳光的身影，足以温暖一生

混迹于流水，我制造的悲伤太多
我制造航行，却把航行交给了风
我制造浪，却把自己葬送浪底
这些良善女子，本应有好归属
却在流水中如落花远去

夕阳再度西下。隔着白色的流水
看她们忙忙碌碌，却不再是为我

094

河流翻转过来
天空也一样
这时候我能看见的更少
除了她,没有什么

呼吸也一样
仿佛吸着白雪,也可能是白云
不能喘一口多余的气

好像有星星,也可能是盐
好像有人,在眼睛里看我

天空是透明的
河流是透明的
她也是透明的
星辰落下,我坠入人间

这时候应该更加透明

095

河流翻转并悬浮于空中
一条巨蟒
游走于十五楼的窗外

像中秋的夜晚
一夜之间,屋顶
都长白了

风带来两片叶子
叶子发出的声音
像月亮上的喘息

如果愿意,我们
可以一直等到
仓鼠停止啃噬

096

一个爱行吟的独身主义者
在秋天回来了

带着半世奔波
带着半个中国
从绿皮火车下来
抖落风尘一样
把绿皮火车甩出去很远

在故乡久违的空气中
大口呼吸,大口
把想吼出的话吞进肚里
浑浊的目光越过沙洲和白鹭
对着先人穴居的山坳
深鞠三躬

身处故乡的异乡人
目光越过秋天枝头
在故乡的河中安静下来

没有一条锦鲤能伴随流水
走到大海
没有一个爱的人相伴尽头
河流的孤独只有水知道
水的孤独只有水做的明月知道
明月的孤独只有夜知道

夜的孤独,只有天知道

097

信任流水胜过爱情
信任爱情胜过自己

信任自己,胜过皇帝

098

今夜,点燃这条河流
向过去告别
沸腾的流水中我看见
逝去经年的舅舅

他的一生一如灰烬
他的爱是别人的爱
他的生是别人的生
只有苦是自己的
只有死是自己的
只有坟头草是自己的

河流熄灭之前
我倚在黑夜边缘
向过去挥手

一团巨大的风扑面而来
急于替我掩饰
内心的颤抖

099

河流日益枯瘦
河流日益沉默

像旧居中日益干瘦的八旬老父
两耳几近失聪
总是用沉默代替倾听
用微笑,代替言说
用言说,代替孤独

100

向日葵向柿子垂着头
柿子向落日垂着头
落日,向大地垂着头
我,向李悦然垂着头

李悦然,这个刚满半岁的男孩
在他妈妈怀里,使劲瞪着
秋天的流水和陌生的我
满眼天真,打得我
落花流水

101

爱上水,如同爱上你
如同爱上春天和花朵

河流这么宽,足够望穿秋水
河流这么深,足够容纳我们
河流这么陡,足以抗击石头和伤害
河流这么长,足以让我们慢慢
老下去,一直到大海

我们一直走。我们的时间
足够迎来足够多的春天和花朵

如果时间足够长,我们爱过的
和爱过我们的
会不会像星星一样,一个一个
回到水里,回到怀中

102

他想待在流水里
并下潜得更深
远离尘世,远离爱

远离爱的潮水。活在

浪与浪的空白里

103

已经走得够累。此刻
我与河流坐于南方天空下
静谧中传来的不仅仅是水声

青春与爱一如奔泻而去的夏日
不安的还有光,这利斧
似乎也累了。从炽爱中
抽身而出,此刻它蜷缩着
穿过秋天的枫树林

围观者散开。大地颤动
我紧紧抱住流水,这最后的
稻草

穿过秋天的原野

104

河流把会死的部分
留在原地抑或半途
留给土地，庄稼，树和人畜
春天到了，可以看见那死去的
正在熟悉的事物中生长

不会死的会一直流
——直到大海
这巨大的死亡深渊

所看到的浪是她在挣扎
所看到的盐是她的灰烬
所看不到的，正在天上
酝酿着重新回来

105

大地上,大凡静默
抑或流淌的,都是忧伤的
比如道路,桥梁,山冈,坟墓
比如风,河流,炊烟,丝巾,泪水

也有例外。比如月光,比如月光曲
比如发出的被拒收的微信信息
和红色圆圈中白色感叹号

比如现在,秋色中
呆立的电杆和靠在电杆上
临风缅怀的人

106

有时候看见河流
这干净的女人
褪去所有衣物和饰品
在大地上野泳

像多年前的爱人。一朵
绿荫中探出的云或鸟啼
就能让她钻回我的臂弯

有时候看见
多年前的爱人
这羞涩的河流
静卧于白纸
一阵风，就会让她
回到我的诗外

而现在什么也看不见
流水，这长长的睫毛
这条她离开后留下的长围巾
阻断了通往过去的路

107

从西山到东山,最近的路
是从柳子街口下去,过霞客渡浮桥
再步行到府正街,然后直接往上走
也可以从萍阳路拐过青阳寺
上东风大桥,经过第四医院
和中山路立交桥,侧门进去

经常看见他绕行最远的路:
从旭日路、袁家碣路,上南津渡大桥
经过羊角山,沿中山南路走很久
才到东山公园前。这一路
要经过百家渡凉亭、诸葛庙村、杀猪佬米粉店
市三中、基督教堂、血站、中医院、水晶巷口
这一路,有他少年时住过的院子
年轻时经常去理发的哑巴理发店
中年后常去配眼镜,如今已关门大吉的
邵东陈师傅大光明眼镜店
(几年前,陈师傅的爱人,讲话细声细气的朱大姐
患乳腺癌过世,不知陈师傅去了哪里)

一直爱吃的水晶巷酱板鸭，以及

深深伤害过的家住千秋岭的女孩

108

流水卷走落叶和脚印
流水把太阳、柿子和鸟啼
挂在百家渡口

上小学的柳雪燕
每天把脸
埋进流水两回
早晨,她想看看
流水中的母亲
傍晚,她想看看
流水中的父亲

夜晚,她看小两岁的弟弟
有时候把手伸出被子外面
有时候把脚伸出被子外面
帮弟弟掖好被子
有时候也去看看
睡在隔壁的奶奶

有月光的夜晚
她会睡得很香
月亮，会替她
照看弟弟和奶奶

109

雪在很远的地方
雪还没有下来
或者下在别处

而我听见了水声
流水带来亲人的问候
也带来了仇人的问候

北风萧萧。听起来
都让我倍感温暖

110

河流扑过来
河流扑向乌云
河流扑向天空
河流扑向虚无

时间滴答。石头滴答。
玻璃滴答。丁香滴答。
雪花和月光滴答。

夜与夜互相撞击
铁轨与车轮互相撞击
火车与空气互相撞击

火花在深处。火花燃烧
火车消失了很久
火花仍在燃烧

灯在一千二百公里外的屋顶亮着
天空后退。河流后退。我的爱
安静地绽放
仿佛橘黄的猫

111

流水欢快地往上走
流水经过从前的渡口
流水看见从前的船
流水经过从前的沙洲
流水看见从前的白鹭
流水经过从前的村庄
流水看见从前的人
流水经过的地方
从前的童年纷纷站起身来

流水一直往上走啊走啊
上游一定有更宽阔的水域
更宽阔的爱
流水想重新跃上陡崖
带着更多的水
小伙伴一样，一起
往阳光里跳

112

潜隐流水,是为了见证
一条河流的秘密

一些流水活着
一些流水死去
更多的流水
正在活着或死去的路上
流水经过我的村庄
带来亲人的消息
他们见证了另一个
时代

黑暗与光明,如影随形
如同黑夜和白昼
有时候黑暗偷袭了光明
更多时候光明多于黑暗

如同爱上一个人
我爱上光洁也爱上她的黝黑
爱上她哈哈大笑的阳光
和闷闷不乐的小性子
爱上春天的寒夜和冬天的暖阳

如同爱上这条河流的清与浊

113

堤坝，得以让水聚集、安静

而大坝里隐藏的水轮机组
则让更多的水玉碎，飞溅

电，让死亡继续摇晃在
头顶的灯泡里

114

阳光照耀水面。看起来
隐于流水的人
头顶，多了一轮光晕

你没有看出来。你说
你爱我

只有自己知道
冬天的河流中
厚重的外套
冰凌一样
加重了我的寒冷

115

冬天的阳光并没有
抵达河流深处
天黑之前我再次潜隐流水
流水多么温暖
流水叮咚仿佛打铁的声音
"夜晚黑暗,但群星闪烁"*
群星闪烁仿佛打铁时飞溅的
火星。它们彼此照耀仿佛我
与我的影子互相照见

"一个人的河流中要学会
自己取暖"
但我更乐于将天空视为一口
倒扣的锅
现在将它翻转过来
群星闪烁仿佛内心沸腾
因此爱上寒冷如同爱上
夏夜的星空
爱上星空下仰望的人

如同苍白的灵魂爱上
有趣的肉身

＊诗句引自格丽克诗集。

116

"万物源于水;神灵从水中
创造了万物"*
而水又来自哪里?是来自母亲吗?

田野寂静。童年的田野万物葱郁
彼时天色尚早,万物用羽毛
笼罩大地。母亲
从蓬松的羽毛下走了出来
丰腴的母亲肩挑水桶
从五丘田外的水井边回来
我们没有看见水桶里的水
我们在睡梦中听见了水响
听见水爬出水桶跳到地面的声音
听见母亲将水倒进水缸,又走向
田野

大地多么安静。雄鸡用尖嘴啄开
天空。天边淌出了血液
童年从窗口

探出身,使劲嗅着

那些花来到窗前。她们乘着
蜜蜂的翅膀,多么明亮
仿佛水井上镀着金属
仿佛金属上反射的光

我看见灵魂从光里爬出
寂静中与我们共同成长

*古希腊哲学家、"科学与哲学之祖"泰勒斯名句。

117

喜欢看流水
独自绕过人间

喜欢看沙洲
独自迎送鸟群

喜欢看鸟群
目送落日西去

喜欢看你右脸颊
紫色的胎记

喜欢在心里说
"这上帝之吻
你的爱人亲它时
要温柔一点"

喜欢把脸贴着流水
让自己看起来也像
上帝之吻

十二月二十七日的风
亲我时也要温柔一点

118

在流水中梦游
流水去哪我就去哪
流水是我的向导
流水是我的梦中情人

不需要想流水以外的事情
不需要想红灯停绿灯行
不需要想明天和天上
不需要想你和你的爱

像我十五岁那年
一个人走在山中
不需要跟着路走
只需要听着鸟叫
听着自己的内心
偶尔抬头看天上的云
偶尔想想假期里回到
另一个镇的同班某女生
偶尔向着她的方向喊她的名字

偶尔停下来,嗅嗅野花
和果实

老外婆不知道
母亲也不知道
整个暑假,那个青春期
我像梦游一般
经常游荡在青春之河里

像今天,在流水中
我一个人梦游
偶尔停下来,嗅嗅词语
与游动的鱼

119

趁着雪花还没有落下来
趁着河面还没有染上白
把你的头和秀发移过来
把你,靠在我的肩头
把你的寒冷,分给我

流水像海藻,更像你
在月光之夜唱的歌谣
那些温柔的声音,诱惑
多少路过的船与渔夫
有多少星辰栽进怀中
有多少鱼,迷失方向

我相信你是洁白的
就像相信大海上的空气
除了蓝,除了少许海腥
干净得只剩下空,和,气

趁着雪花还没有落下来
趁着大地一片宁静
把你的头和秀发移过来

今夜，让我们互相取暖
一起把歌声，送上两岸
送上山冈，送上神
也到达不了的地方

那里终年积雪
那里寂静如渊

那里的人们说起你我
会轻轻哼唱

辑四

神，在流水中洗净自己

作品 120-158 号

120

当流水薄成一张白纸
他在纸上
摆弄那些词与修辞
像在搭建积木

在水做的神庙中
虚构一座新的神庙

潜水,就是打坐
面对河流,就是面壁

121

在石头中开凿新的河流
又在石头中开凿出自己

每一天,他在河流中出出进进
也在石头中进进出出

一个人的河流中
他把自己封为王

一个人的世界中
他试图制造更大的
动静

122

二月十九日。六月十九日。九月十九日
每年农历这三天,我会用布袋
到佛祖庵和高山寺
收集菩萨的声音

然后回来
放给尘世听

如果有闰月,我会把
多出来的声音
放给菩萨听

123

气温上升,流水上涨
流水带来上游一面门板
同时带来一尊门神

神啊,一辈子活在纸上
这一刻,算是离开了
人间烟火,离开了
神,在流水中
洗净自己

124

时间,走在太阳这块金表
和月亮这块银表上
是一样的

教堂上的电子钟
总是慢一分钟

125

河东一座教堂
河西三座寺庙

唱诗的声音从我右耳朵进
左耳朵出
诵经的声音从我左耳朵进
右耳朵出

它们很少在我的隧道中
撞车

126

佛祖庵上面
还有一座佛祖庵

它们的经声
惊动了水里的游鱼
和路上的游人

没有惊动鱼后面的我
在这里,我放牧了
二十年

127

他画完河流
他忘了用镇纸
他甚至忘了关上窗户

风刮进来,又刮出去
风带走了河流
风也带走了河流上的画家

夏日泛滥。到处波涛汹涌

128

年轻时，把酒喝成水
就像把快乐恣意放大
把 C 调唱成陡峭的高山
把山间的云
拉成垂直的流水

年老了，把水喝成酒
快乐多么小啊
就像一盏渔火
甚至一小朵灯盏花
盛满风，烈日，和
清澈的回声

129

背流水的人
从山上下来
把泉水倒进石缸
把石头、水泥
背上山去

山上起了一座庙
庙里住不下僧人
庙里只住得下佛
背流水的人
把泉水换成佛
再拐上一座山头
就可以望见南山

背流水的人
把石缸变成了源泉
把佛,变成了
孤儿

130

一条翘白一跃
白天来了
一条雄鱼一跃
黑夜来了
一条锦鲤一跃
姐姐来了

星期日,我们收敛翅膀
环坐流水
我们召开家庭会议
讨论父亲、母亲和他们的晚年
讨论大姐二姐的婚事
也讨论失业的稻草人
讨论今年雨水特别多
地里的收成减产不少
潜隐流水的人,会
在很多夜晚走失

这幸福的一天,我们环坐
流水,绝不谈
鱼,和鱼翅

131

在月光下饮酒,唱歌
对着流水,扔石子,扔星星
沾着烧酒,在流水上
写下伊人芳名

一晃三十多年。饮酒的人
换了一拨又一拨
月光黑了又白了
歌声被夜空弹回又向夜空飞去
沾着酒写下的芳名
在流水中越洗越深

仿佛尖刀一样的新月
扎着流水,扎着流水后
潜隐的人

132

她坐在那里
她把自己坐成了
一条河流
坐成了这片土地的菩萨

直到新的月光到来
穿过午夜炙热的时刻
慢慢走入她的身体

而这一刻我们都不可见
这一刻,我和世界和你们
正在流水中酣睡
这一刻,我们确认
与她,与菩萨
交换过灵魂

133

一个人在流水中
反复出入,就想起
在人间,穿过透明的门帘
反复出入

有时候是医院
有时候是超市
有时候是车站
有时候,是图书馆

这一回,是冷库
多么白啊!我看见自己
躺在冰层中,像一个
局外人

我向他鞠躬,致敬
也替他,对人间的恩赐与宽恕
致谢

134

两座大山之间裂开的伤口
再鲜艳的晚霞也弥补不了

又一场流水远去,带走繁华与欢喜
仰望河流的人
重新目睹了老渡口的日落

炊烟向屋顶告别
窗台上的兰花向它挥了挥手
一只蝉唱啊唱啊,大声安慰着
流水中伫立的人

135

好多事物已在洪水中死去多回
像反复带走的村庄

有人试图在河流内部
点燃那盏熄灭已久的灯
试图举着这灯照亮
村里盲人的一生

但是水太湿了
水划燃了三次
灯盏依然没有亮起来

136

进入九月,河流开始安静下来
我坐于流水,打开新出的诗集
凝视着河流两岸
孩子们重新回到学校
他们的父母在为生活奔忙

山水是秋天的。它们
放缓节奏,没有因为有人歌吟
而过于激动。像我的父母,我送给他们
新出的诗集,只安静地说出一个字:好

还期待什么?孩子已从国外平安归来
去年为她写下的思念之诗,不少人已读过
来不及进一步感动,思念业已结束
我收拾房间,等待她回家
取下她少小时挂在墙上的旧画,代之以
一幅水墨兰花;擦拭干净她曾弹过的琴
并尝试着拨弄了一下琴弦

岁月的回响让我收缩了狂野之心
下午的阳光中，把琴弦当作流水
把一条河，当作一绺秀发
想起二十年前，我带着孩子
在一条河流前，抚摸她的头发
告诉她有关这条河流的泛滥

多么像现在，流水抚过头顶
讲述着一个人前半生的不堪

137

试图从流水中捡起一滴水
捡起唯一发咸的旧事
这个夜晚,我们谈得够少

上帝在哪里?他应该见证过
教堂中的婚礼
牵过手就能走一生吗?
河流牵过很多星星
依然拽不住一颗到正午
牵牛子牵过很多花
也没有一朵活到冬天

神已死。天的神。地的神。你的神
如你笔下的爱,爱,爱
苍蝇一样落在白纸上

左手移到右手,一滴水
很快蒸发。一滴水里的光辉
也瞬间即逝如泪水中的盐

138

河流悬空垂下。一条酒旗
在风中摇动

我看见了神。先人。早年随水
而逝的孩子和她的布娃娃
金色的光柱仿佛一炷炷高香

河流对岸,旧酒馆里
朋友们饮酒。喝田螺。谈笑声
惊动了邻桌,和路过的狗
一个喝高了的家伙,在城墙下
对着死去多年的石头撒野
我认出了他的原形。在流水
透明的怀中,多像一个婴孩
流水与灯光,为他加持
夜色中的样子多像从前的我

想扯下酒旗,围住身子
河流转动起来,像一个酒瓶
朋友们和我看见的我,将在酒瓶中
被神、先人、孩子和布娃娃
围观。而这样河流会醒来
这个夜晚,会从酒旗上
往事一样抖落

139

流水拐过大西门
流水带走了算命先生的铁板凳
带走了杨彩凤的粉红心事
也带走了《一个人的山水诗经》
想起这些走了的事物
秋天的下午一下子模糊起来

偶尔也会想起从前
偶尔也会沉默。如果下雨
偶尔也会看一眼雨中奔跑的河流
让目光停在拐弯之处
停在白鹭消失的地方

目光会潮湿一会儿。然后
在算命先生待过的地方
坐一阵子,让潮湿的目光
翻一翻杨彩凤和另一本书

直到月光穿过大西门
直到流水响起来

140

秋天过去一半。流水穿过大地
流水抱回了成熟作物与成熟的
田冬冬

流水穿过我的身体
流水抱走了我半辈子
向右侧身时,河流向左
中间隔着一个短句。那一刻
我们从对方眼里,看见了
中年的自己

我们日近暗淡。而我们的孩子
树叶、鸟语和天空,在秋风中
愈发阳光

141

这一年,每一朵流动的云
每一缕路过的风
每一班进出站的列车、客机
都戴着口罩

潜隐于流水
潜隐于巨大的玻璃器皿
流水是我的金钟罩

流水是自带消毒剂的素笺
把诗写在流水上,是想它
抵抗力更强一些

142

阳光照着秋天的河流
岸，寺庙，桥梁与行人
在越来越蓝的秋天
看上去都一样：从容，安详

唯枫叶与银杏
唯秋月与繁星
唯燕子与石林
要点燃自己，点燃
空寂的原野
唯有蜜蜂，想吼一嗓子
对着洁白的油茶花，唱出
感恩曲

稻草人走了。田野深处
禾蔸里新长出的嫩苗
挥舞小手打着节拍
呼应小蜜蜂甜甜的歌声

143

低一点,可以看见晚霞
——抚过日渐冷清的村庄
向又一个普通的一天告别

再低一点,可以看见天空
就要拉上窗帘,一桌饭菜
等着众神归来

更低处,流水绕过大庙头
它要赶在家访的小学校长胡玉洁
返回学校之前,唤醒
沿途的灯盏

144

入冬后,每次出入流水
都朝两只手心呵口热气
再揉一揉眼睛和太阳穴
让自己活得更明白一些

流水亮如绸缎
月亮滑如蛋清
倒影,仿佛轻雾笼罩

好半天,都在想
这是谁的倒影
她叫什么名字

145

我有三座宫殿:
天空。大地。流水

夜晚,在天空走走
白天,到大地走走
累了,就回到水中

水
下有天与故去的人
上有地与奔忙的魂

146

把流水折成手绢
把不快的事打包起来
把不见的人折叠起来

然后塞进波浪

水,这流动的时间
里面含着时针,分针,秒针

147

一条河流,太清
正如你清澈的双眼
因此,你看见了它的暗

一条河流,太浑
正如我浑浊的双眼
因此,我看见了它的亮

一条河流,波浪宽啊
一条河流,眨眼之间

148

一个人扎进人群
欢乐是一个大海

一条河扎进大海
会立马消失不见

一念,都是天堂

149

一条河流。一卷
没有冲洗出来的旧底片

童年的鞋子,是黑色的
童年的脑袋瓜,也是黑色的

白色的,是时间的斑点

150

湖南之南,大雪时节,不一定
下大雪,甚至没有一点雪意

喜欢独自一人
潜隐流水,埋身于河流
感到流水的温暖,远胜于阳光
远胜于你温柔的手掌
流水澄澈,看不到一丝阴影
流水澄澈,可以到处流浪,而你
却看不见我

流水是我的护身符
流水的世界,完整,温润
一个人的穹庐
天然庇护所

就像从前,我住在
另一个人的身体里

151

少年时代因为孤单
牵着河流我走出去很远
早晨到黄昏，转瞬之间

河流就是长长的走廊
朝霞落下而落日升起
走廊上每天都可看见
这同一景象。多年后
我重复着讲给女儿听
一如少年时告诉母亲

同一条河而流水却
轮换了几万甚至几十万回
而我仍然爱着那最初一滴
每一次离别都是纪念出发
仿佛我半个世纪的行走
都是为了回归

一如穿越喧嚣是为了握住
最初的寂静,握住寂静中
明亮的翅羽

152

夕阳,把最后一束光
投向村里

木匠,把最后一截木头
埋进灰里

我,却把最好的铁钉
钉进水里

夜。村里会叮当作响
——那是钉进水里的
铁钉,发出金属光芒
撬动了天上的神

153

寒潮越来越重,流水
越来越薄。我隐于流水
慢慢掩上城门
这水的城堡,足以避过严寒

甚至缩小一点:
青阳寺,佛祖庵,朝阳寺

不能再小了。父亲,母亲,女儿
在心尖上晃动

他们需要一处栖息之所
我需要一些念想

154

我住在自己的身体里
守着自己的躯壳
和日渐衰老的魂

有时候身体很累了
我就让魂
出去溜达一会儿

看上去，他多像
一个孤独的老人
像乡下的老父亲

我的身体是我的庙宇
我的魂是庙里的住持
我给自己上香
我是我自己的神

神，住在我自己的身体里
常常，我们相互对望
又相互遗忘

155

流水之上
无数的道路在飞
无数的星辰在飞
无数的人在飞
无数的神在飞

风卷起尘土
风卷起波浪
风卷起铠甲
风卷起风

世界很热闹
世界很冷漠
世界很世界
世界是你们的

世界也是我们的。多年前
我就知道。但不能完全肯定
时间过午。我得赶紧

提上篮子，把流水
打回家
把流水里的漩涡和花瓣
提回去
在神圣时刻，月亮
上来之前，确认
你们都还好吗？
我的神。我的人
我的天空

我的水。我要用竹篮
再打一场
直到世界安静下来
直到风，停在风中

156

先把右脚尖伸进水里,点一下
再把左脚尖伸进水里,点一下

河水这么清
他只想把脚伸进河里
沾上一点水

现在他光脚在河堤上走着
左右手各提着一只鞋
河堤有些硌脚
有时候会不由自主跳起来
脚印上的水痕
很快就干了

像是谁,在后面
一边走,一边收

157

在流水后能看见什么？船已靠岸
渔具也已收缴，渔翁徒有其名
河流并不比之前安静
风像往常一样吹来
风中有乡土味，更有浓重的非乡土味
秋天，大风会吹折一些干枯的枝条
会带来上游的野草、树叶、课本纸
甚至几滴泪水、石子和草帽

这条河流，接纳的东西已太多
我坐于其间，完全可以被无视
我存在的意义只是告诉自己
一条河流可以有很多秘密
有很多好，很多坏，很多糗事
也有很多诗，有真正的远方
跟人间一样。只是水，可以过滤
可以清洗，可以澄澈，可以抚慰

流水中，我不比一条鱼懂得更多
它自由的游动至少我没有
但我记住了：每一次翕动嘴唇
必将发出独特的音符
仿佛风吹过河面，每一条波纹
都画出了自己的样子
每一粒跳在水面的光
都是自己的神

158

水离开水
菩萨离开菩萨

流过浦尾村的河流,确定
还是那条河流吗?
那个河流中仰望的,确定
还是菩萨吗?

落日西去。准备渡河的人
默默流下泪水

辑五

河流在浦尾村轻轻流淌

作品 159-190 号

159

仰望河流的人,仰着脖子
在黑暗中高歌

歌子,高亢一点的
激流一样,向下游涌去
软一点的,被两岸树叶
弹回来,河面上打个转
又被波浪弹向夜空

星星一样
照着空寂的两河口
照着渡口那条铁壳船
与明灭的烟头

然后向住着亲人的浦尾村
浮去

160

我有两条河流：父亲与母亲
父亲的河流流向田野和远方
母亲的河流流向山峦和家园
他们一生奔波，难得歇息

冬天深了，河流又老又瘦
只能缓缓地，在浦尾村
和我心田里
轻轻流淌

161

下雨时,每一条河流
水位都会上涨

母亲担着的水桶里
井水,会被雨点
溅出去不少

162

潜隐流水,每一天
都能听到新鲜的声音
看到新鲜的事物

像女儿小的时候
每天从幼儿园回来
唧唧喳喳,讲一些
新鲜的事情

流水一步步远去
女儿一天天长大
流水的声音越来越老
女儿讲给我的新鲜事
越来越少

直到她从大洋彼岸回来
讲给我另一些从来没有
听过的事情

像流水拥抱大海
心灵的碰撞
发出美妙的回响

像星光拥抱夜晚
夜，拥抱浦尾村

163

没有了农事,不知道
燕子,会不会准时回来

没有了燕子,不知道
乡下的老房子,会不会
失眠

没有了老房子,不知道
爱,会不会像流水一样
回不到源头

离源头很远的百家渡
细碎花瓣,在漩涡里
兀自打转

164

一粒种子落进风里
一朵雪花落进水里
一束光落进眼里

流水之上,年迈的母亲
从忙碌中直起腰来

两只麻雀飞下电线
很快,又飞上屋顶

165

他在堂屋里敲着大鼓

儿子,在摇篮里
摇着拨浪鼓

他们的母亲,在流水里
敲着南方瓦蓝的天空

166

碾房在河畔看着自己的影子
皂荚树在碾房上方
看白鹭,清理翅膀
女子,在流水边
眺望少女时代的村庄

风轻轻吹。一朵白云,在等
另一朵白云

从侧门进入碾房的人
很久了,都没有出来

我潜隐于流水,躲过
正午的炎热

流水,被碾成碎银
低飞的白鹭,消失在
闪闪银光中

167

芮嗲嗲
在木匠铺的刨木花里
看寿材

秀水姐
在流水畔的泡桐花里
嗅春风

五岁的芮文波
在草地上,把彩色气泡
吹上了天

潜隐流水的人
把他们,发上了抖音

168

石头比我们早到
我们比风早到
石头蹲在校门口
看我们一个一个
风一样溜进教室

四十年前，小学校的鸟啼
多么清脆
像偷摘枇杷时
周冬玉骂我们的声音

又一个五月。南风吹过湘江
我一遍遍抚过石头中
沉睡的周冬玉

169

鸭群从坡上下来
鸭群远离了村庄
远离了赶鸭的人

因为从尘世中走出
它们沾着流水,一遍遍
梳洗自己的羽毛
因为深爱这尘世
它们把脖子,一次次
埋进流水,吞下
人间的苦,与药

170

养鸭人把一群鸭子
赶进流水

我把一群汉字
赶上白纸

流水上的鸭子
一会儿排出整齐的队形
一会儿又散开

纸上的字
先是一个个散开
再排出整齐的队形

修剪鸭毛时也修剪文字
这个夏天,浦尾村
多了好多鸭蛋和小鸭子
这个夏天,白纸上那些字
少了三十个

171

河流，在秋风中流淌
闪烁的银质项链，挂在大地上
奖给稻子、秋薯、黄豆、南瓜
也奖给驼背的表姨夫
上小学二年级的琪琪
——周末，爷孙俩
一个钓鱼
一个看钓鱼

四十多年前，我用一根
发白的狗尾草，绕成圈
挂在廖晓晓脖子上
晓晓母亲，我远房表姨
奖给我几颗花生糖

我把花生糖埋在稻草枕头里
想它们长出更多糖，给晓晓

172

天黑了。我们从七个不同的方向
回来，围坐在二十世纪七十年代的
火塘边。昏黄的煤油灯下

七个小矮人：祖父，父亲，母亲
哥哥，我，大妹，小妹
祖母不在。她在
温暖的海南岛给伯父带孩子

这是某个节日。父亲从县城
回来，带回少许牛肉和猪骨头
这个小县城的公职人员
省吃俭用，小心谨慎，活得像
浦尾村的麻雀

红薯粉炖骨头。芹菜炒牛肉。腌萝卜
母亲蒸的红薯酒。火塘边
七个小矮人，七粒火塘里的火屎
七颗寒夜里的星辰

哧溜哧溜地吃着,说着
那个年代的话语

无数个黑夜远去。古老的河流
坠入大地。故乡老屋里
祖父在墙头笑着
像夏天的萤火虫
更像冬天的雪花
绕着浦尾村飞旋
不落下,也不散开

六个小矮人
在寒风中跺着脚
像六根旋转的冰棍

173

冬天的傍晚，八旬父亲
沿着绕过浦尾村的潇水
走了一圈，回到家中
对母亲说："河流也会死的"

电话里母亲说起这些
像从前祖母说起过的：
"人也会死的，我也是"

五十年了，似乎有关死亡的
预言，很短，然而都是真的
单庚子一年，村上走了五人
蒋家一个，58 岁，坠亡
周家叔侄：叔，80 岁，寿终
侄，57 岁，遇车祸不治
刘家两个，父亲的堂兄弟
一个 53 岁，癌；一个享年
84 岁。这些男人，有的忙完了
要做的事；有的正在忙于做事

正如流水，灌溉，或者远去

浦尾村的河流
春天涨过两回，夏天干过一回
现在是冬天，好久没有下雨
下游南津渡电站大坝正在维修
流水断断续续，有一段河床
什么也看不到

父亲应该是只看见了
大片快要死亡的卵石

174

那些只有女人们认识的字
像故去的女人,要升天了
或者,老祖母是这么说的

可我还是看见了那些散发着
母亲气息的手绢、花帕和纸扇
那些女红在上面,含着泪与爱
老祖母,老外婆,母亲,姨妈
婶娘,阳婆婆,胡欣……
这些可敬的亲人,把自己
绣在心里,绣在最疼的地方
豌豆一样,在浦尾村
委婉地长

亲人们认得,那些从大地内部
升起的雪花,一旦飘起来,就是
浦尾村雪白的围巾

雪白的围巾绕过浦尾村
多么像一条河
多么像河流里燃烧的青春
像青春期的一场背叛

175

河流拿起又放下
像太阳升起,然后暗淡下来
像浦尾村,萤火落,巴茅燃

这些过于庸常,浦尾村的亲人
没时间关心。种地,读书,绣女红
把老祖母传下的女书
写给自己和妹妹看
一只鸡飞上墙头
三只鸭走上河岸
潇水静静流过,世界寂寂
无声。在浦尾村,好日子
就这么过

除了一天几趟绿皮火车偶尔鸣笛
除了对岸高坡电力风车的呼呼声
除了老人故去堂屋里响起的唢呐
除了一两只白鹭从村后池塘掠起
这个中国南方小村

像一块包藏着秘密的小琥珀
像佩戴琥珀的大地之女胡欣
更像是冬天的午后,一个诗人的
独处

176

天尚未大亮
浦尾村种蔬菜的张婆婆
挑着沾满露水的蕹菜和紫茄
颤巍巍过了吊桥

路灯照着她佝偻的身影
路灯替她照看着离河不远的家
路灯也替她照看着梦乡中的
小孙女和玩具熊

177

关于祖母,关于她老庚
关于阳婆婆,关于女书
都被小心翼翼封存在
木匣子里

像火塘里燃烧的传说
像花轿里颠簸的情爱
像衣脚里掖着的苦痛
像魔术师,从礼帽中
掏出彩带和鸽子
浦尾村,从岁月深处
掏出河流、水鸟与哀鸣

在瓦片与瓦片之间
在墙头与墙头之间
在流水与流水之间
古老的灵魂在那里穿行
仿佛渐渐老去的针眼,越来越细
引领流水,向两个点:心与心
缝去

178

天寒地冻。河流
变得沉默

浦尾村的胡宇也是这样
天一冷,会缩着脖子
望着沉默的河流

他家的狗在火塘另一侧
望着他。这条老狗
好长时间没有叫了

堂屋墙头的母亲
望着沉默的老狗
像在世时,老狗
望着她,在院子里
忙进忙出

父亲什么也不说。父亲
一去多年，在后山上
推动电力风车

风车再次转动起来
胡宇这次看见了父亲
父亲藏在北风吹动的蒿草里
父亲借助草里的风
推动了风车

这一次除了他，没有人
看见。大地沉默如冬。大地
如胡宇手中准备献祭给父母的
冰冷的馒头

179

一个人仰望一条河流
宛如一条河流独自流过浦尾村
一座电力风车独自在风中旋转
宛如旧太阳在冬天的云朵上
独自燃烧

多少年了。我牵挂的事物
一天比一天少
一棵樟树老了
一棵银杏死去
一颗星星坠落
一条支流干涸

多么像我：血管
日渐萎缩、狭窄
能过滤的事物越来越小
眼睛开始老花
见到的事物越来越模糊

像我的爱
昏黄的灯光下
只照见家人

像女书伞,只绽开在
小小的浦尾村

180

在浦尾村,人们也谈论一条河流
一条比休斯或黑人更古老的河流

流过浦尾村的河流,主要由鸟语
和母语照亮
如果在秋天,河流
穿过金黄的稻田
穿过橙色的橘园
在正午的女书园
绣女人们的心经

这浦尾村最初的河流
比电力风车低
比绿皮火车慢
在流过冬天的浦尾村时
有足够多的花朵和翅膀
有足够多的词语和修辞
为即将到来的春天抒怀

181

我已仰望得太久
太多的流水流过故土
流过小小的浦尾村
风不停地吹啊吹
大地颤抖,并渐渐
染上冰霜

河对岸,另一个人
或一群人;另一棵树
或一片树林
生机盎然,并在寒夜中
甩动头颅

河面氤氲着薄雾。中间
发光的物质
不确定是星辰还是石头

在冬至，这个最长的夜晚
一滴水或者一片叶在深处
发出回声，微弱，但温暖
仿佛在梦中呢喃
——世界平安无事
浦尾村只有细小的事情发生

182

打一转就回来。你说
打一转就回来。每次出浦尾村
你都这样说

每一次,傍晚时分
都会到渡口
向对岸凝望

直到对岸的人都过了来
直到天色暗下来

眼睛越揉越疼,越揉越模糊
仿佛远去的河流
仿佛最后一次
远去的背影

在浦尾村,每一年
都有一两个
不再回来

183

流水多么坚硬
流水是我的城堡
流水是最后的墓穴

我是流水的孤儿
有时在流水中心
更多在流水边缘
我攒集更多流水
把城堡砌得更坚固一些

你们看不见我
尤其在白天
世界熙熙攘攘
可我听不见在说什么

庚子一年都在下铁
铁下在我的祖国也下在
别的地方
铁下在浦尾村时我听见

流水沸腾
哦，那些铁，在老祖母的
女书中渐渐熔化

这不是真正的火焰
真正的火焰在雨滴中
在更黑的黑中

那么轻柔，白云一样
从我的骨头里升起

这是我自己的光
也是你看见的
窗外树梢上挂着的星辰

星星索。星星索。星星索

184

河流绕过浦尾村
河流怀抱着村前的吊桥

有人走过吊桥
河水就轻轻摇晃

没有人走过
河水有时候摇晃
有时候安静得
像熟睡的母亲

桥头的芭蕉,有没有人走过
都站在那里,黄,或者,绿

185

流水有自己的走向
浦尾村有自然的秩序
秋收冬藏,走亲访友
女书一样,笔画简单
纷繁世事,都在点横撇捺中
都在老外婆的针线里

再简单一点,师公画符一样
将一个人的一生,命与福
在巴掌大的黄纸上一笔到底
像微小的植物,认识又如何
喷出的烈酒中,付之
一炬,一笑,一叹

像流水,像流水中瘦弱的光
在冬天,护身符一样
为浦尾村,为潜隐流水的人
为所有度,与渡,加持

186

看见了吗？那火焰
从水底升起，从午夜背后
从石头与石头的缝隙中
从锋刃上，从内心深处
野花一样长出来，往风里钻
在电力风车上，旋转

仿佛播放一盘旧磁带
我听见了你。听见你的青春
听见你青春的血
听见你的哭你的笑你的歌
听见太阳，在码头上碎裂
关于我们的最后一场辩论
这一段没有录下音来
那是我们唯一的秘密

一束光在水中会改变路径
向上是源头
向下是泽国

向右是你
向左，或许是我

而光里走出的火焰
与从身体里抽离的骨头一样
与每一天，每一刻
都有关

这是青春的所有人的身体
我们常常把自己视为敌人

火焰从光里走出
又在光里消失

仿佛你，消失在黎明
黎明，消失在地平线

187

大地睡去。我挽着河流
在星空下漫步

我指给河流看那些星光中
闪烁的事物,并说出名字

像多年前母亲牵着我
走过清晨的浦尾村
一一告诉我:树木,蒿草,野花
石头,虫子和牛
浦尾村每一个遇到的亲人
应该称呼什么

她没有告诉我,我是谁
直到几年后送我上小学的路上
父亲突然想起,应该有个学名

就像这个夜晚,河流流过大地
我把爱,化作一个个乳名

188

流水中,远远地望着
他们,赤脚跑过正午
用卵石,在水面漂出一道道弧线
用荷叶,遮住正午的时光
和自己的小鸡鸡

那些弧线,织出一张张网
撒在我的头顶
那些荷叶,巨大的影子
掩盖我日渐衰老的躯体

浦尾村的童年,少年
他们像河边的水草
不管水涨水落,人来人往
只顾把身体,裸在河水中
把水里的鱼,高高举起

高出我许多。直到太阳
往西边移过去三棵树

我知道我再也追赶不上
他们风一样的背影与速度
我把自己,把准备好的人生格言
用他们丢弃的荷叶和上游的旧报纸
包好,悄悄掩埋于流水

189

世界是一把大锁
流水,是一把柔软的钥匙

轻轻拧动,锁,就会
吧嗒一响

两岸城市,村庄,树木
和赶路人,会跟着转起来

浦尾村,转动的速度会慢一点
天上的星辰,会更慢

你不动。你把持着我
我,是把世界说成"锁"
把流水,说成"钥匙"的人

190

流水带走了村庄
流水带走了村庄中的牲畜、粮食和人

没有什么可以阻止一条河流
到处都是水,水,到处都是
甚至河面上明亮的事物
也可能怀揣利刃

必须学会像祖先一样,在泥巴中
恢复自己的躯体,五官
恢复呼吸和言说
恢复人的样子

然后重新踏上走过的路

辑六

仰望河流时我看见了天空

作品 191-222 号

191

每过去一天,河流就翻动一页

我深潜其间,不断制造一些
石头,企图让它
翻动得更慢一些

192

绿皮火车像一条菜青虫
白色高铁像一条大翘白
它们经过大桥时，流水
会轻轻颤动

那么慢，车上的人
多么清晰啊
那么快，潜隐流水的人
刚数完那些车厢
大桥就空了

193

一盏。两盏。三盏
夜里，这些灯火
会自己点亮自己
一半照着流水
一半照着人间

风吹过来。这些灯火
会向风的另一边摇曳
有时候甚至会熄灭，比如
风中带着闪电。但更多时候
灯火会在即将倒下时，迅速
恢复到之前的样子

灯火太高，以至于
我们看不见提灯的人
灯火太湿，以至于
再大的流水也不能
浇灭它们

194

雨在夜里奔跑。雨
不是一个人在奔跑

我画不出它们的样子
太多了。密集的声音
压得黑夜喘不过气来
房子,树木,清道工
在雨中,流下泪水

这么多雨,这么多
天空的孩子
一个也留不住
一个也回不到
娘的身边

195

风在雨中
撒下花瓣
风在最好的一天
为逝去的花瓣
举行婚礼

几百年了。在风中
走失的荷锄人
还没有归来。那把锄头
是不是还是月亮的样子
她咳下的血,已结成
蜜桃,灯火,夜雨
爱过她的人,逃过大雪
又回到人间,在泥泞中
想象过往的春天

他已没有足够的词语
送给她。流水上的晨露
要在太阳升起之前
替他,再表白一回

196

仰望河流的人
实际上是自己水中的影子在
仰望河流

而他自己在岸上
他们彼此看见
但谁都不说话
或者,说同样的话

他们互相望着
直到流水越走越远
直到夜色升上来
这对孤独的人
才各自回到对方的身体

197

仰望河流时我看见了天空
天空正撩开衣服
云朵卷起，山峰露了出来

天空掏出的月亮又白又圆
她要用饱满的月亮
喂养黑夜里赶路的人

转眼又是白天。太阳
照耀大地，流水漫过初夏
大地上的事物
和孩子们一起，手牵手
在透明的天空下
越长越快
蝉的叫声
也没能追上

198

每天到我爱的河边走走
把手伸进流水
确认我们都还好

如同每晚把手伸进
她的腹部,确认我们
也还好

这人间,已没有更多
可以言说

199

诸葛庙村的杨婆婆
从百家渡凉亭下到河边
有时提着木桶
有时提着竹篮
有时，什么也不提

就提着自己，在渡口青石上
呆坐小半天

很久都没有人来
偶有树叶飘落
河水，微微颤动

200

潜隐流水。所看见的人间
喧嚣如过往。古老的天空
与年轻的云朵
掩盖了山岗、屋顶与墓园。
瓦片闪烁。石碑闪烁。蝉鸣闪烁。
在死亡与歌唱后面
炊烟与水稻,正在风中抽穗。

201

河流在夜晚醒来。潜隐流水的人
在流水后谛听

大地深处的多重奏
石头,铁,沉木与落叶
发出各自的声响
心里洗过的声音
有生命的温润和清丽

更喜欢听岸边皂荚树上的蝉鸣
一口一口,啃着枝头的月亮
旁若无人,好像这个夜晚
是他二人的世界。他不知道

河流已经醒来。潜隐流水的人
在流水后仰望、谛听
人世间的另一些秘密

202

白鹭驻足水草。它的影子
比它更美。河流让它生动
并将它的影子拉长
河流还让它照见了前世:
诗歌的第二行

河流也拉长了岸,拉长了岸边的
村庄,道路,夕阳和你
天地之间,河流是一条拉链
你在右边,我与你的影子
在左边

秋风摇晃了一下河流
河流摇晃了一下白鹭
白鹭摇晃了一下夕阳
夕阳摇晃了一下你我
天地一下子豁然明亮

早年间开在枝头上的鸟语
在秋天,依然像你从前
总爱往我身上跳

203

潜隐流水,望眼欲穿
也没能望穿流水

只知道阳光从浓烈变得凉薄
岸边的树叶,由绿变黄
你的头发,由青变白
码头上凝望对河的人,由两个
变成了一个
码头上的台阶,由十七级
变成了二十七级

天空长低却陡峭了许多
房屋长高却空荡了许多
穿过客厅的影子,单瘦
却沉重了许多

在影子里记录下这情景
眼前模糊,记忆却
愈加清晰

204

秋天深了。风
放下乌云、灯笼、叶子和镰刀

秋风紧了。河流
放下石头、鱼虾、岸柳和月亮

风越走越厚
水越走越薄
担着粮食的人,秋风中
抿了一口水,天地
侧了一下身

落日抬起来头。踏过之处
几棵草,对着
没来得及回家的粮食
跪了下来

205

风越来越大。我坐于流水
这巨大的水帘洞,足以
抵挡北风

随处走动,随处触摸
这潮湿的玻璃
潮湿的世界,潮湿的诗
我看见了你们,而你们
埋头于风中,在流水外
缓缓飘动

像白的芝麻黑的雪粒
像世界的碎片,光的尘埃

星期二傍晚,一个父亲死去
我和他的儿子,我的堂兄弟们
在微信中说到这鬼天气的寒冷

这潮湿的冬天,雨
替我们哭出悲伤

新的流水来临
我仰望流水,仰望新的一天
对面的人,另一个我,我们一起
同时将目光投向了对方背后
空荡荡的天空

206

一个人仰望河流
河流也望着他
他们彼此望着
没有一句多的话

流水走了又来
流水越来越新
新的流水不再认识

他越来越沉默
越来越像一块石头

这块孤独的石头,长满青苔
流水淌过他,只需两秒钟

207

一条河流飞起来
不一定是河流多么轻盈
不一定是河流真的能飞

一定是河床足够宽大
一定是大地足够古老
一定是古老大地上
人们的仰望抬举了它

并且遇到了足够大的风

208

想掐住这条河流
把它提起来，捋一捋

就像掐住一只鸬鹚
把它脖子里的鱼
捋出来一样

冬天越来越深，流水
越来越小
我的想法也越来越小
我爱过的事物都随着流水远去
现在只想拎着这条河流回家
挂在竹杠上再风干一些

和那些腊肠一起，等你
炉火中就着酒
一起回忆夏天
河里游过泳的女子

以及她上岸后一直
没有音讯的这半年

209

流水是流动的时间
潜隐流水,就是潜入时间内部

潜入时间内部的人
与时间一起奔跑
会被时间扔下,或者
被时间记起来吗?

流水汤汤。没有什么需要
指认的

顶多,用几个漩涡
回应岸上的追问

210

一条河流穿过冬天的大地
穿过更冷的北风
它要抖落一生尘埃
抖落多出来的部分
一条河流有多孤单

一些水会冻死在途中
一些水会埋葬死去的水
并用盐,把它们的伤口抚平
把它们生前对这个世界的爱
带往更辽阔的下游与远

一些新的水会从四面村庄
走来,带着它们的孩子们
带着小地方的问候
带着小地方的干净与专一

还有半途上遇到的白雪与雨水
还有半途陌生女孩送上的
无名小花

还有我那双目失明的大叔
递上的灯

211

河流不会老吗?

你看啊,他长满了皱纹
甚至连假牙
也被风吹没了

他的单调
一直陪伴着他
甚至在十二月
他依然一个人
走在寒冷的大地上

只有脚下发出的声音
让他听起来
不像一个人在走

但路过的人
没有看见水中的倒影

河岸上也没有

212

少年从藏身的水里
钻出来,蜕了多少层皮?

三十年前从长沙到永州的
绿皮火车翻窗出来
要走整整一夜

少年从水里钻出来时是夏天的正午
母亲的声音湿漉漉的,带着火,追

从绿皮火车的窗户里钻出来
是清晨,火车的鸣笛声
沾满了露珠,黏糊糊的,紧

唯有虫鸣没有什么两样:高亢
且辽远,含着同样年代的悲伤
与欣喜

213

石头在山上坐着
鸟在电线上蹲着
河流在山脚躺着

头露在外面。头
是一个隐喻

北风萧萧。石头
缩了缩脖子

电线颤抖了几下
流水和鸟
像往常一样,拍了拍羽毛
它们都没有打算飞起来

万籁俱寂。静默中
默想这一切
平安夜喜乐的钟声
还没有到达此地

平安夜的钟声
肯定已经在别处敲响

那里的人必心生欢喜
那里的人必欢喜睡去

214

冬天再一次往深处
摁进摄氏 5 度

接近零度的夜晚
大地更加寂静
萍阳路的樟树
叶子落下时比往常响

"谁偷走了太阳,
又偷走了月亮,
一个藏于子宫,
一个藏于乳房。"
黑暗中,谁在呢喃
声音翻过朝阳寺
声音滚下老渡口

声音惊动了流水
它目睹了这一切
它什么也没看见

它看见了什么？比起爱人
它更爱我
——寒冷，这小小的
单衣

215

在人间古老的河流待久了
想飞起来,携着河流一起飞

必定是一场灾难。因此有必要
虚构一条河流
不要太宽,也不要太深
走在萍阳路上刚刚
够我一个人顶着就行

像你在风中顶着白纱巾

累了,我们就坐下来
在虚构的码头上,看
两条河流,比翼齐飞

看孩子们
从两条河流中间冒出来

216

水撞击水
水撞击岸
水撞击土
水撞击石头
水撞击树与草
水撞击船与桨
水撞击日月与星辰

水撞击花朵与歌声
水撞击我们与我们的影子

流水潺潺。还有一些声音
我们听不见,流水内部
鱼,在啃噬水
水,在啃噬铁
铁,在啃噬时间

217

寒潮来了。我要带河流回家
我要把河流安放在炉灶上
一边烤火,一边听她吟唱

直到太阳出来。我会用雪
把她包好,送往更远的远方

请她把远方的冷
画在雪上,让风
快递给我

最好是快递到付
我会付给风
冬月十五日夜收藏的月亮与光
以及这个夜晚河流的歌声与暖

218

寒潮还在持续。阳光更冷了

需要挖一些坑,把水埋藏起来
再洒上一把阳光,然后盖上草

像窖藏红薯土豆
像窖藏种子与酒
让它们避开寒冷
让它们自己取暖

让它们自己,在土里
睡上一些日子
等待春天来临

春天,风会从南边过来
土里埋藏的都会长出来
水会长成春潮
草会长成绿洲
阳光会长成河

我也会长。我的血液
奔涌,并带来两岸的回声

我是来自去年的人
我在春天复活。但
掀开流水,你们看到的
是我的复印件

准确地说,是时光的
3D 打印件

219

你隐藏在朝阳后
像一个逐日者

这使众生失去防范,以为你
是个幸福的人。他们膜拜
并在膜拜中,习惯了屈膝

河流也无法抬高他们。我
忍住悲愤,在深处想了很久

过了很久。直到孩子们长大
直到我,与众生
无法相认

我是我自己的过客
我是自己穿旧的外套

220

又一次喷薄而出,又一次
高于地平线

我已歌颂多年。发现地平线
是一根虚构线
你燃烧多节的香烟
烟雾缭绕,都是有害的

更喜欢雨,一点一滴
都是从心底拔起

都是去年,我们
埋藏的石头

221

河流高高在上
河流坐于人间
像年轻的母亲
敞开了胸怀

孩子们张开小嘴
开始嘬饮清亮的乳汁
清亮的叶子,清亮的光

也嘬饮汗珠,血液,尘埃

因此,他们从小学会品尝
甘露,也学会品尝咸涩

起风了。河流拉紧衣襟
起身走向原野

我看见了她凹陷的乳头
若隐若现,宛若残星

不知道，有些伤痛
是不是懵懂中
我咬下的

222

你们所看到的我,看到我写的河流
都不是真实的
我也混淆了河流与梦境与艺术的界限
有时候,水包围我
我以为自己就是河流之子
或者就是河流

其实,我只是借河流
遮蔽我的愧疚和羞耻
在这人间,我羞愧于看见
与说出
只想借水,做一面帘子
掩盖我的怯懦

水,时代的灰烬
我,灰烬中的石子
我们保持着,一条河流的宽度

并非尾声
我所仰望过的都在流水中消失不见

水是怎样流走的
我只是从黄叶古渡
上柳子街,然后到愚溪旁的
节孝亭转了转
再到萍阳南路的朝阳寺
待了一个下午

在柳子街,我挥舞竹条
吓走了一条试图追赶女孩的狗
在节孝亭,我抚摸了一把
石碑上的名字
在朝阳寺,我试图
帮一只瓢虫从蛛网里脱困

等我出来，太阳已经下山
江山笼统，河流干涸
我再也找不到渡口
再也回不到流水中

我仰望过的一切
都在流水中
消失不见

后 记

一

2020年,我写下了240多首诗歌。其中,包括17首短诗,28首《萍阳路》系列,204首《对一条河流的仰望》系列。17首短诗,收入了我2020年出版的诗集《一个人的山水诗经》中;《萍阳路》系列原来打算写100首的,2020年4月中旬写完第28首之后,自己感觉再也难以为继,便停了下来。重新审视和思考之后,稍作调整,便拾起2019年12月初开始写的《对一条河流的仰望》,决定以此为母题,继续写下去。谁知,这一写,就一发而不可收,到2021年1月14日,写到了第227首,而且我还想写还想写……

这一本集子,二百余首诗歌,是对近14个月中所写的《对一条河流的仰望》的阶段性小结,好与不好,敬请读者朋友们评判。

严格地说,这是一本没有目录的诗集。当时写作时,这些系列诗歌均没有取标题，只以序号标明。为便于阅读，编稿时我分成六辑，并分别抽取其中一句诗为每辑命名，同时对诗歌顺序作了调整，将主题较一致的诗歌较集中地归到某个辑中去。它们分别是："辑一　河流太高了""辑二　大地，露出了雪白的真""辑三　我对爱的理解深了三公分""辑四　神，在流水中洗净自己""辑五　河流在浦尾村轻轻流淌""辑六　仰望河流时我看见了天空"。这样一来，诗集所呈现的，并非按时间顺序所写。因此，在阅读时可能会发现辑中某些相邻诗歌的语感不太一致。但是细细品之，会发现我写作的某种心路历程，同时也可以看出这部诗集实际上前后构成了一个相对自足的世界。从这个角度说它是一部长诗，也未尝不可。

二

撇开通常的切入点之后，诗歌如何走？"对一条河流的仰望"，是目前我诗歌写作的另一路径。

与其说是一个母题，不如是说是一种姿态，一种视角或视点，一种观察与理解世界的方式。以潜隐流水作为观察世界的一个视点，把自己的情感投射到养育我们的故土之上，进一步追寻自己的精神家园——这个家园既有"桃花源"似的河流两岸现实世界的层面，更有自己更高更美的追求与向往——充满艺术气氛的、喧哗中的宁静与和谐的圣殿！从某个意义上说，这些写作，复活了我在写作过程中对世界的细腻感觉和对生命的深入体悟，让那些流水背后的生活细节和心灵镜像重新得以呈现。

放低姿态,谦卑地,在仰望中,我们会遇见世界的美好、崇高与伟大,也会遇见世界细微与苍白的部分,遇见亲人,遇见自己。这一过程充满艰辛与孤独,也充满了发现的乐趣和惊喜。

在仰望河流时,以诗歌的方式尽力托举起那些卑微的事物,既有大地蕴含着的全部气质,更有山山水水的厚重与哀痛,以及从历史凹陷处掬起的眼泪。它们让我感动。

在流水背后,感受季节的流动与更替,尽心倾听生命的追求与奔跑的声音。流水,能让我把生活中的浮躁,化为养心的甘泉。

瞬间凝视。刹那主义。极简主义。新感觉主义。幻象与现实。变异与奇想。形式即内容。直觉。温暖。爱。悲悯。东方美学。关注生存境遇,民众生活。神性书写。短诗写作"刺刀见血"的锐利性质。进入流水之中的澄明之境。

这一年的阅读与写作中,我曾写下这些短句。这些可以视为我写作的某种追求与变化。

在瞬间凝视中把握事物的本质,体察生命内在的细腻变化,并力求将诗歌写得更短一些,写出韵味与温情,以抚慰这个快节奏的信息碎片化时代和奔跑的灵魂。这是我追求的诗歌美学。

我喜爱这种歌吟。

三

这些诗歌一部分曾以"仰望一条河流""有关流水的诗章""流水帖""流水辞""在石头中开凿新的河流""流水书""流水

曲"等为组诗名,在《湖南文学》《散文诗世界》《爱你·教师文学》《永州日报》等报刊及一些微信公众号发表过,受到了朋友们的喜欢,并获得过一些奖项。感谢这些媒介和大赛组委会的师友们。

其实,这些诗歌写出来之后,第一时间都在我自己的微信朋友圈配图晒过。很多朋友及时点赞,给予了我坚持写下去的动力。人员太多,恕我难以一一写出你们的名字。但是我会记住你们,感恩遇见。

我多年的铁杆兄弟刘欢喜、杨中瑜、郭威、王忠民,总是给我非常善意的指正和切实的鼓励,让我非常感动。再一次谢谢这几个可爱的家伙。其实,他们比我写得好很多,成就也比我高很多。

感谢我的老领导也是老朋友彭立威教授、杨金砖教授、周甲辰教授、潘雁飞教授、谷显明教授,以及多年的好同事贡贵训教授、张能泉教授和周玉华博士。他们或鼓励,或指点,或以别的方式倾情支持,让我温暖、感动。

感谢我的家人,父亲和母亲,爱人和孩子们。我的作品献给这个美好的世界,更是献给我的亲人们。

感谢读者。是你们的陪伴才让我能一直坚持走下去。

本书得以顺利出版,得益于四川成都力扬文化传播有限公司将其纳入"2021书香补贴出版工程";同时得到了我所供职单位湖南省应用特色学科建设项目"中国语言文学"、湖南省一流本科专业"汉语言文学"和湖南科技学院应用特色学科建设项目"教育学"的部分资助。在此,一并致谢。

最后，感谢我自己。2018—2021 年，能够连续出版三部诗集，我的努力没有白费。

我将继续写作，将我对这个世界隐秘与未知的发现，呈现给你们。

是为记。

2021 年 1 月 18 日
古城零陵西山之麓潇水之滨